Chiclete

KIM KI-TAEK

Chiclete

Tradução
Yun Jung Im

껌
Copyright © 2009 by Kim Ki-taek
Originally published in Korea by Changbi Publishers, Inc.
All rights reserved.
Portuguese translation copyright © 2018 by Viveiros de Castro Editora Ltda.
Portuguese edition is published by arrangement with Changbi Publishers, Inc.

Coordenação Editorial
Isadora Travassos

Produção Editorial
Isadora Bertholdo
João Saboya
Julia Roveri
Rodrigo Fontoura

Capa e foto
Sheila Oliveira

CIP-BRASIL. CATALOGAÇÃO NA PUBLICAÇÃO
SINDICATO NACIONAL DOS EDITORES DE LIVROS, RJ

K57

　　Ki-taek, Kim
　　　　Chiclete / Kim Ki-taek ; tradução Yun Jung Im. - 1. ed. - Rio de Janeiro : 7 Letras, 2018.

　　　　Tradução de: 껌
　　　　ISBN 978-85-421-0717-3

　　　　1. Poesia coreana. I. Im, Yun Jung. II. Título.

18-52625　　　　　　　　　　　　　　　　CDD: 895.71
　　　　　　　　　　　　　　　　　　　　CDU: 82-1(519)

Vanessa Mafra Xavier Salgado - Bibliotecária - CRB-7/6644

Este livro foi publicado com apoio do Literature Translation Institute of Korea (LTI Korea).

This book is published with the support of the Literature Translation Institute of Korea (LTI Korea).

2018
Viveiros de Castro Editora Ltda.
Rua Visconde de Pirajá 580, sobreloja 320 – Ipanema
Rio de Janeiro | RJ | CEP 22410-902
Tel. (21) 2540-0076
editora@7letras.com.br | www.7letras.com.br

Sumário

PREFÁCIO – Alimento para a mente — 7
Nelson Ascher

Nossos olhares se encontraram — 13
Panceta de porco — 14
Um sufoco tranquilo — 15
Tempo de cavalos bêbados — 16
Matando gato — 17
Coceira — 18
Velho subindo a escada — 19
Em frente a um imenso plátano — 21
Banco de madeira — 22
Cachorro 3 — 24
Chiclete — 25
Primavera — 26
Alegre ônibus — 27
Neve derretendo — 29
Reverência — 30
Cheiro nauseante na mesa do jantar — 31
Comendo minipolvo vivo — 32
Peixe assado — 33
Ônibus — 34
Morrer ou matar ou ganhar rodas na bunda — 35
Rosto triste — 37
Gente morta — 38
Acidente de trânsito — 39
Crematório — 40
Não posso receber correspondências pois já morri — 41
Olhos — 42

Cochilando enquanto lia	43
Gato obeso	45
Cachorro e motocicleta	46
A argola	47
O melhor é ter saúde	48
Filha	50
Sopa de galinha	51
Meias cinza	52
Careca	53
Autoestrada	56
No vagão do trem de segunda	57
Cão 2	59
Mia: zona de revitalização	60
Vento de areia	61
Luxo sentimental	63
Briga de bois	64
Em Berkeley	65
Em Berkeley 2	67
A paisagem de dentro do pauzinho	68
Dedos	69
Vento de areia 2	70
Som de chuva	71
Parado em frente a uma papelaria	72
Chorando e acordando	73
Sorrindo dentro de uma foto antiga	74
Criança chorando no andar de cima	75
Conto infantil da década de 60	77
Terra velha	79
No orfanato	80
Posfácio do poeta	81
Sobre o autor	82
Sobre a obra	83
Sobre a tradutora	86

Alimento para a mente

Nelson Ascher

> Subo no trem de segunda depois de vinte anos.
> O vagão do trem de segunda cheira a trem de segunda.
> Assentos com marcas fundas de bunda
> Guardando a memória do peso dos milhares de bundas
> Meticulosamente reproduzindo os cheiros
> de dezenas de milhares de corpos
> Quando respirei, o vagão inteiro do trem de segunda
> adentrou o meu pulmão.
>
> Dentre os inúmeros cheiros de cosméticos
> O vagão do trem de segunda escolhera justamente
> o mais fétido e conservava tenazmente a sua essência.
> Preservava em si, irretocável, qual relíquia,
> O extrato dos hálitos encharcados de bebida
> E até o sumo do chulé extravasando pelas malhas da meia.
>
> [...]
>
> "No vagão do trem de segunda"
> Kim Ki-taek

  O vagão acima pode ter deslizado sobre trilhos de qualquer país do mundo há poucos anos ou muitas décadas. Trata-se, no entanto, de um trem sul-coreano no passado bem recente. Se esse trem se confunde com outros, dezenas de milhares de outros, o poema é inconfundível. Há, talvez, alguns raros que são remotamente semelhantes. Vale a pena examiná-lo um pouco melhor. A crueza e despojamento da descrição fazem o poema parecer 100% prosaico, mais do que coloquial, praticamente não trabalhado e quase de todo despido dos elementos que nos permitem reconhecer de imediato a poesia. Mas a simplicidade, a falta de ornamentação e de rebuscamento são ilusórios. Acontece que aqui o trabalho fundamental do poeta precede a escrita: trata-se de levantar e selecionar meticulosamente os detalhes que serão arrolados, planejar sua ordem e seu modo de exposição, e, quando isso fica pronto, é o conjunto que se põe em movimento, gerando sentidos, sensações e sentimentos. Tal perícia e originalidade se revelam em cada poema de *Chiclete*.

Não é todo dia que o leitor se depara com a poesia de um poeta sul-coreano atual muito bem traduzida para o português do Brasil. Trata-se, aliás, até o momento, de exemplo praticamente único, isolado. Ainda mais porque o contato com a literatura da Coreia não nos foi previamente preparado de alguma forma por outras manifestações, como as da cultura popular, do cinema, etc. Nem, como *Turandot* no caso do Japão ou da China, há sequer uma *Madame Butterfly* ou uma para, ao menos, sugerir alguma falsa impressão de familiaridade. Mas se nada disso existe, tampouco há mal-entendidos a dirimir.

Foi de início por razões econômicas e, em seguida, devido ao expansionismo religioso e político, que os ocidentais se espalharam, de uma forma ou de outra, pelos quatro cantos do globo e travaram conhecimento com os mais diferentes povos, civilizações e culturas. Já habituados a uma grande variedade linguística em sua extremidade da massa de terra eurasiana, os europeus constataram que a variedade de idiomas era ainda maior do que supunham: quase infinita. Tal variedade atraiu cérebros que, tão perspicazes como os dos cartógrafos, não apenas mapearam esses continentes de som, sentido e, não raro de escrita, como se interessaram por seus mitos e canções, suas lendas e provérbios, suas epopeias e dramas.

Assim, duzentos anos atrás, quando prevalecia o romantismo, já não faltavam escritores e poetas que buscavam conscientes na cultura literária de povos exóticos ideias, recursos, inspiração enfim, para seu próprio trabalho. Essa tendência enraizou-se firmemente no século XX e pode-se dizer que duas tradições extremo-orientais, a poesia clássica da China e do Japão, passaram a ser corriqueiramente frequentadas no Ocidente, e isso a tal ponto que pelo menos uma "forma" poética oriunda da Ásia, o haicai, tornou-se tão popular fora de sua pátria original quanto, antes dele, só o soneto havia sido.

Convém frisar que, ainda há três gerações, o que os ocidentais buscavam no oriente era a diferença, o exótico, e isso se aplicava à prosa e à poesia. Acontece que, para bem ou para mal, essa diferença não existe mais, ou melhor, há provavelmente mais diferenças no interior de uma megalópole cosmopolita do que entre dois pontos do planeta, por mais afastado que estejam um do outro. Parte disso decorre das grandes migrações em massa bem como das redes planetárias de comunicação e transporte. Mas o grosso se deve à dinâmica própria da civilização industrial e/ou pós-industrial, que é de fato planetária e, assim, semelhante em toda parte, acaba gerando resultados humanos não menos similares e/ou convergentes.

Daí que a primeira surpresa que a poesia do poeta coreano Kim Ki-taek nos reserva é que, fora meia dúzia de pequenas referências locais, ela poderia justamente ter sido escrita por um paulistano em São Paulo. Ou um londrino em Londres, um nova-iorquino em Nova York etc.

Isso dito, não é qualquer poeta paulistano ou nova-iorquino que poderia ter escrito os poemas que ele escreveu. Seus poemas estão ligados a esta civilização internacional contemporânea, profundamente ligados, só que nunca de uma maneira óbvia ou simples. E eles falam dela – menos, porém, no sentido de "sobre ela" do que no de "de dentro dela", "desde seu bojo/âmago". É importante que isso fique claro. Vivemos numa era colonial, de colonialismo: só que o grande colonizador de nosso tempo é a política ideológica, que a rigor colonizou todas as demais áreas e dimensões da vida humana bem como todas as suas manifestações, a amizade, o amor e o parentesco, o trabalho, o lazer, a educação e a cultura etc., submetendo tudo à sua dominação, julgando ou levando-nos a julgar tudo de acordo com seus critérios cada vez mais estreitos, cada vez mais míopes e desligados da totalidade em que as pessoas reais vivem. Poder-se-ia, portanto, imaginar que falar do (desde o) mundo atual seria sinônimo de discursar em politiquês, com categorias ideológicas, a seu respeito, que estamos diante de uma lira politizada, e que essa protesta contra as mesmas injustiças corriqueiras tematizadas por todos os bardos engajadamente indignados.

Não é isso, no entanto, o que Ki-taek faz. Tomando, na expressão feliz do poeta francês Francis Ponge, o partido das coisas (que, na sua abordagem, podem também ser orgânicas como um minipolvo, um gato ou cachorro, ou mais imateriais, como um latido, a velhice, a saúde, a tristeza) e, auscultando-as estetoscopicamente, tateando-as quase, ele age como uma espécie de médium, que lhes dá voz ou, mais precisamente, imagina o que diriam caso tivessem sua própria voz.

E é aí que o caldo engrossa, pois *Chiclete* não é livro para quem está disposto apenas a ler uns versinhos fáceis, que reiteram, confirmam e bajulam sua visão de mundo. O vozerio que o poeta nos descerra é quase sempre algo incômodo, às vezes insuportavelmente angustiante, não raro doloroso, algo, um lamento ou lamúria, a que (por boas razões, aliás) preferiríamos e preferimos não dar ouvidos, algo que fala sem parar da vida e da morte, da vida em todas as suas manifestações, inclusive póstumas, como a de um inseto que colide com o para-brisas de um carro em alta velocidade ou, depois de um churrasco, da carne grelhada cujo odor repleto de implicações e memórias se impregna na roupa do narrador, penetra por seus poros, invade sua consciência, enfim, fala da vida, mesmo quando não há mais que um fiapo residual dela, da vida tentando, de todas as maneiras, como a fumaça do crematório que ainda parece se agarrar à chaminé "com seus dedos em estado gasoso", resistir à morte – e sempre malogrando – resistir à morte, que não deixa de ser a nossa, e cujo agente, não raro, também somos nós.

O que é e de onde vem essa poesia estranha, estranha, nunca é demais enfatizar, não porque seja coreana, asiática, tenha sido escrita numa língua distante da nossa etc., mas, sim, porque aborda de maneiras inusitadas questões, preocupações, obsessões que seguramente rondam o pensamento e a sensibilidade de muita gente, em especial da sua geração (quem tenha ao redor de 60 anos), em toda e qualquer parte do mundo atual. Um mundo no qual proliferam as *petshops* decerto entenderá facilmente seu poema sobre o gato preguiçoso e obeso, entregue à total inação num apartamento, sem ratos, nem sequer baratas para caçar, ou sobre o emaranhado de sensações em que se envolvem, durante o atropelamento de outro gato, o motorista e o felino em questão. Sociedades que, como a sul-coreana (mas não sua vizinha do norte), já deixaram para trás o pior dos flagelos ancestrais, a fome, e que padecem antes do excesso de comida, provavelmente abrigam cada vez mais gente que, sem ser religiosa ou doutrinariamente vegetariana ou vegana, sente aqui e ali, de quando em quando e cada vez mais, certo desconforto ao comer carne ou animais em geral. Não sei se Kim Ki-taek sente pessoalmente esse desconforto específico, esse asco ou náusea, embora, mais do que apenas comunicá-lo, ele é capaz de levar o leitor a senti-lo.

Diga-se, aliás, de passagem, que há no mínimo uma convergência feliz entre esta, que é um assunto ou preocupação obsessiva do poeta e o tema, o fio condutor do romance *A Vegetariana*, da escritora sul-coreana Han Kang, que Yun Jung Im, a tradutora do presente volume, verteu exemplar e pioneiramente para o português por iniciativa própria e publicou em 2013, três anos antes de o livro se tornar um sucesso internacional e ganhar o Man Booker International Prize no Reino Unido em 2016.* Apesar dos diferentes estilos e sensibilidades envolvidas, o que acontece em ambos os casos é que uma ojeriza vai tomando o lugar do prazer de comer ou da indiferença em relação à vida animal. Elias Canetti antecipou ambos os autores quando indagou quão diferente seria o comportamento das pessoas se, na sua infância, tivessem sido levadas para visitar um matadouro.

Nem só a esses assuntos se restringe o poeta, mas dificilmente se encontrará muito lirismo convencional nos demais. Tampouco há grandes traços de metalinguagem, de poesia sobre a poesia, de literatices ou congêneres. Há, em compensação, diversos poemas sobre a velhice e a perda gradual da visão, dos cabelos, da energia e tônus muscular, experiência que pode ser genérica ou a do autor, e sobre outras tantas experiências desagradáveis ou meramente comuns e aparentemente triviais que decorrem da moderna vida urbana. Sua abordagem, no mais das vezes, parte de uma espécie de hiper-realismo impessoal, que lembra os famosos poemas de estreia do expressionista alemão Gottfried Benn, poeta e médico, que, 100 anos atrás, em *Morgue*, seu livro de estreia, descrevia friamente cenas e ocorrências hospitalares, doentes, enfermidades, autópsias etc. Essa linhagem da nudez e da crueza, se bem que quase nunca tão intensamente, continuou século XX afora, contrapondo-se a

---

* Editora Devir. Edição esgotada.

outras, que ou optavam por acumular metáforas ou buscavam cifrar sua linguagem chegando a algum tipo de hermetismo. Cada uma dessas vertentes gerou bons e maus resultados. Ainda assim é difícil encontrar, em qualquer língua ou país, um exemplar do antimetafórico, daquilo que alguns chamam de antipoesia, enfim, de uma poesia tão antilírica, antissentimental quanto a de Kim Ki-taek.

O grande antropólogo francês Claude Lévi-Strauss, escrevendo certa feita em inglês, traçou um paralelo entre as coisas que são "good to eat" (comestíveis) e as que são "good to think" (meditáveis e/ou estimulam a pensar). A poesia, sendo feita pelo sul-coreano, é antes de mais nada "good to think": ela nos estimula a pensar, em especial sobre coisas que, embora estivessem bem diante de nosso nariz, não tinham ainda nos chamado a atenção, não dessa maneira. E amiúde, ele estimula a pensar sobre o que comemos, sobre o comestível, ou melhor, sobre como e por que se torna comestível (ou não) o que comemos. Mais importante do que o assunto é que seus poemas nos fornecem modelos, estratégias e atalhos para pensar no que não tínhamos ainda pensado nem sabíamos como pensar. Kim Ki-taek nos supre daquilo que os ingleses muito apropriadamente chamam de "food for thought", algo que poderíamos traduzir como alimento para a mente.

NOSSOS OLHARES SE ENCONTRARAM

Nossos olhares se encontraram por um instante.
Era-me um rosto bastante familiar
Mas não me lembrava quem era, de jeito nenhum
Atônito com aquela familiaridade tão estranha
Fiquei um bom tempo sem desviar o olhar.
O outro também pareceu pensar um pouco quem eu era.
Ele revirava sacos de lixo.
Estava enfiado no couro de um gato.
O seu andar sobre quatro patas parecia-lhe um tanto desajeitado
Como se estivesse já habituado à posição ereta.
Interrompido em sua empreitada de revirar lixo
Soltou um miaaau emprestando emoção, recriminando-me talvez.
Mas, pego de surpresa pela própria voz que explodiu
                                       [qual choro de criança
Logo fechou a boca
Como se estranhasse insuportavelmente a si mesmo.
Ele não fugiu esbaforido como outros gatos.
E, como se zangado consigo mesmo, pego num triste ato
Baixou a cabeça
Virou devagar as costas curvas e se distanciou lentamente.

PANCETA DE PORCO

Volto para casa após uma churrascada de bacon fresco e bebida.
Já há uma hora
O cheiro da carne não sai do corpo.
Sangue cozido no fogo, carne tornada fumaça
Impregnam todos os meus poros, minhas rugas e sulcos das digitais.
Aquele cheirinho de grelhado de quando devorava a carne esfaimado
Já se fora
E ficara apenas o fedor do terror do animal diante do abate
Tampando como bolas de algodão as minhas narinas saciadas.
Saio do metrô envolto em cheiro de carne feito aura de santo.
Dentro do vagão, no lugar onde eu me postara
O cheiro da carne em formato do meu corpo ainda segurava o corrimão
Olhando-me através do vidro enquanto subo as escadas.
Alcanço o piso da terra
E uma lufada de vento fresco leva o cheiro da carne.
Quando inspiro fundo o ar fresco
O cheiro da carne se afasta de mim por um instante qual
                                      [enxame de moscas
Mas logo volta a grudar os seus pezinhos pegajosos em mim.
Não larga a mão que grelhou o seu corpo na chapa crepitante
Não larga os dentes que esgarçaram o seu corpo.
O cheiro nauseante de onde ainda restam gritos e esperneios
Penetra tenaz dentro do meu corpo besuntado do seu cadáver.

UM SUFOCO TRANQUILO

Um velho caminha cheio de cuidados
Como se a rua larga e plana à sua frente
Se estreitasse e balançasse como um cordão abaixo dos seus pés.
Atento e escrupuloso, para não amassar o terno
Caminha moldando os passos, deixando-os delicados e miúdos
                                        [o quanto pode.
Caminha alentando com jeitinho o próprio corpo
Que ruiria com todos os ossos
A um simples toque em uma única articulação.
Caminha girando escrupulosamente os olhinhos para cá e para lá
Com o pescoço fixo cravado sobre a espinha dorsal
Temendo que as ruas balancem e o centro se desmorone, só de virar
                                        [a cabeça para os lados.
Caminha absorvendo toda a trepidação provocada pelo som dos passos
com a sua respiração tão fina de sufocar.
Toda vez que o tempo célere dos jovens, que chispam ao seu lado,
Faz levantar um vento insolente e ríspido
Seus passos cambaleiam, segurando o corpo trêmulo
Até retomar, a custo, o equilíbrio.
A morte, que paralisa aos poucos todas as articulações do caminhar.
A morte que, absorvida nos movimentos, foi crescendo sem ser vista
Caminha, delicada e leve
Buscando manter, com todas as forças, a sua dignidade.

TEMPO DE CAVALOS BÊBADOS*

Ele passava por uma rua noturna, cambaleante.
Me avistara por um instante
Mas as suas pupilas já haviam me atravessado
Também as ruas, os carros e os passantes
E miravam profundamente
Um algures que não era visível de modo algum a meus olhos
Um algures onde o mundo, o vazio e o inconsciente se embaralhavam.
Balbuciava qualquer coisa
Mas nada que fosse compreensível.
Havia acentos e ritmos
Mas em sua fala não havia palavras pronunciadas ou orações de fato.
Mas ainda que as suas palavras parecessem amassadas e sem forma
Contorciam-se nelas algo como choros e lamentos.
Aquilo, por vezes, tornava-se uma música parecida com um grito
Arrebatando, espatifando e chacoalhando o ar da noite.
O seu corpo leve e maltrapilho se retorcia a bel-prazer
Conforme sacudiam-no as palavras e o canto.
O algures somente visível quando ébrio
Palavras que emanam somente quando ébrio
Sóbrio, ele jamais os lembraria.

---

* Título de filme do diretor iraniano Bahman Ghobadi de 2001. O poeta faz um jogo de palavras intraduzível, já que "cavalo" é homófono de "palavra" em língua coreana.

MATANDO GATO

Alguma coisa, escura como sombra e sem som de passos
Atirou-se de supetão na rua.
Afoito, puxei o carro
Mas a velocidade foi empurrando o freio adiante.
Pelo tremor do carro, sequer parecia ter passado numa pedrinha
Em vez disso, algo macio parecia ter sido absorvido para dentro do pneu.
Olhei o retrovisor de relance e vi
Algo como um cachecol de pele caído no meio da rua.
Era um gatinho, que não fazia ideia de que, já há muito tempo,
Não eram mais dentes e garras de tigres ou leões
A devorar animais silvestres, mas pneus, macios como gengivas.
Carro confortável com pneus de bom amortecimento
Engolira, imperceptivelmente, o esmagamento daquela coisa mole
                                                                 [e sumosa.
Por um instante, uma sensação atravessou o pneu e subiu por meu corpo
Como uma costela suculenta e macia de uma churrascaria famosa
se derretendo na boca sem mesmo precisar mastigar.
A sensação atravessara junto com o tênue estouro daquela morte
E vinha lambendo o meu corpo canto por canto
Demorando-se no deleite do gostinho viscoso e firme da minha carne.
Os pneus, lambendo os beiços sobre o sangue impregnado em sua textura
Aceleraram-se, como se buscassem saciar ainda mais o seu apetite.

COCEIRA

A mulher vestida de luto se arranca
em direção à fornalha
Para puxar de volta o caixão que avança para dentro dela.

Parada pelo portão de ferro que acaba de se fechar
E dando-se conta de que o choro não sai
O vazio da boca escancarada pula, pula batendo no peito.

O choro que estava prestes a explodir
Para no estreito da garganta
– massa do choro maior que a massa do corpo –
E sufoca o som do choro

Então, como braços e pernas de alguém que se enforca
O corpo todo arranha violentamente o ar – coceira

Coceira que não se coça por mais que se coce
sem axila
sem sangue na unha.

VELHO SUBINDO A ESCADA

Enquanto subo dez degraus
Um degrau.
Atrás dos meus dez leves degraus, transpõe, junto com uma respiração
[velha e arquejante
Mais um degrau.
O velho parece perguntar para a articulação do joelho, para o coração,
Se está tudo bem,
Se conseguiram alçar somente mais um degrau
O peso deste obeso vazio.
Enquanto a articulação assente a muito custo
Emitindo um estalo qual um gemido
A cabeça que subiu de graça somando um peso inútil
Olha ao redor da escadaria, as ruas, a igreja, o céu, como se fosse
[a última vez
E, mais um degrau.
Bem ao seu lado, o tempo sobe e desce, dez degraus de uma vez,
[vinte degraus de uma vez
Como jovens dotados de pernas fortes.
Mas, alheio a tudo,
A cada grande respiro – qual uma grande reverência
Uma nova pergunta.
E uma nova resposta, fina e estalada.
E mais uma vez, o céu, e, depois
Mais um degrau.
É quando o peso se faz sentir a cada respirada
É quando a vida se faz sentir em cada degrau
É quando se compreende o quão difícil é
Juntar a carne ao osso
Juntar a vida à carne
Juntar peso à vida
Uma vez que seja
A cada vez que uma única agulha – articulação do joelho – perfura
[o corpo todo.

A escadaria, tortuosa, longa e estreita, leva ao bairro no alto da colina
Agachada como o sulco de uma ruga profunda.
Ao lado dos meus dez degraus cujo peso mal sinto
O velho empilha sobre uma única articulação
O peso de cada fio de cabelo, cada veia capilar, cada sulco de ruga,
    [cada gota de suor, cada tico de sujeira, sem deixar nada, para alçar
Mais um degrau.

EM FRENTE A UM IMENSO PLÁTANO

Uma bicicleta de carga corre na frente de um caminhão basculante
Uma estrada estreita de duas vias sem acostamento
As rodas da bicicleta giram lentas
Por mais rápido que se pise no pedal
A buzina esganiçando, feito bocarra de leão, morde a roda traseira
                                                [da bicicleta
Mas a bicicleta fazendo girar em falso suas rodas
Continua passando por um imenso plátano

O caminhão persegue colado à traseira como se fosse engoli-la
Mas as rodas da bicicleta seguem tranquilas como se puxassem um
                                        [imenso elefante por uma corda
Enquanto os pés e os pedais giram mais rápido que as rodas.

BANCO DE MADEIRA

Há um banco comprido de madeira à beira de uma rua tranquila.
Está postado ali sem se mover o dia inteiro.
Suas pernas não arredariam um passo sequer mesmo sob açoite,
                                         [mas o banco está acorrentado.
Não há bedel para vigiar, mas o banco não se senta nem se deita.
A ver pela corrente, até parece que aquelas pernas curtas e grossas vão
                                         [sair andando por aí.
Mas para terem amarrado firme um banco teimoso turrão como esse
                  [num poste de ferro, é porque deve ter um antecedente de fuga.
Como se, na calada de uma noite escura, tivesse saído dali montado
                                      [sobre os ombros de um ladrão
Transpondo a colina e virando a esquina, onde uma perna sem
                  [articulação não poderia chegar de jeito nenhum.
Mas agora o banco se posta quieto e imóvel como se esperasse um dono
                                             [a montar em suas costas.
As costas do banco passam o dia praticamente vazias, mas, de vez
                                                      [em quando,
Quando é noitinha clara e fresca, algumas vovozinhas chegam.
Então, elas até verificam se o banco continua firmemente acorrentado
Como se soubessem que o banco está se fazendo de imobilizado, ainda
                                                  [que possa fugir um dia.
Às vezes alisam ou dão tapinhas na cabeça e nas costas do banco, como
                                                            [em um pônei.
As vozes e os risos das vovozinhas que ficam conversando à noitinha
                                                             [sobre o banco
Se espalham para longe do céu noturno, sem paredes ou teto, ao vento
                                                    [e à luz das estrelas.
E então, as pernas do banco também se entusiasmam e começam a se
                                            [mexer aos poucos, dando estalidos.
E quando a conversa fica animada o banco parece alçar voo
                                       [carregando as vovozinhas ao céu da noite.

Não importa se o banco chacoalha, não importa se o céu da noite
[é alto
A corrente de ferro é forte, as conversas no céu da noite não têm fim,
[e nada perturba as vovozinhas.
Mas quando elas não estão, o dia é longo e a corrente fica à toa
E o banco suporta sozinho as horas insossas, longe da rua e das nuvens
[por quais anela.
Até a fria e zelosa corrente de ferro suporta as horas enferrujadas,
[segurando-se firme nas pernas do banco.

CACHORRO 3

Sob um teto de alumínio de um barraco
Numa ruela estreita, tortuosa e lúgubre

Há um som que late, agudo e estridente
Toda vez que se ouve som de passos

É na certa um amarelão esquálido
Com as orelhas retesadas em pé

Como o telhado de alumínio
Que quando cai um aguaceiro
Trata de aumentar as rajadas em estrondos
Não deixando escapar uma única gota sequer

Como o portão de alumínio
Que aos golpes de punho ou da ponta dos sapatos
Trepida e treme como batidas de coração

O som late, fazendo do seu corpo todo o próprio medo

Mostrando todos os dentes
Latem as frestas das portas, buracos, todas as rachaduras.

CHICLETE

Um chiclete jogado já mascado por alguém.
Chiclete onde restam marcas claras de dente.
Chiclete encerrado em tantas marcas de dente,
Inumeramente socadas de novo e de novo
Sobre marcas já cravadas
Tendo amassado-as, camada a camada, dentro do seu diminuto corpo
Sem jogar ou apagar nenhuma que seja
Compactando todas elas numa massa, pequena e redonda,
Passa agora as suas horas de fóssil, em silêncio.
Chiclete que resta sem ser rasgado ou despedaçado um pouco que seja
Sem ser lacerado de todo
Por mais que tenha sido dilacerado e novamente dilacerado
Por dentes que esgarçavam carnes e trituravam frutas.
Chiclete que brincava com o sangue, a carne e o cheiro nauseante
Com o seu toque macio como pele
Com a sua textura glutinosa como carne
Com a sua elasticidade gelatinosa, feito pernas e braços abanando-se
                                              [embaixo dos dentes
Revivendo a lembrança da carnificina remota já esquecida pelos dentes.
Chiclete que suportava com o corpo inteiro
Todo o desejo de carnificina hostilidade impregnado nos dentes
                                              [pela história do planeta.
Chiclete largado a contragosto
Pelos dentes a se cansarem primeiro
Ao fim de tanto espremer, macerar, dilacerar.

PRIMAVERA

É março e o vento ainda esconde as garras da estação gelada.
Um gato deitado ao sol com as quatro patas estiradas no chão
Estica o corpo ligeiramente aquecido espreguiçando-se com vontade.
As patas da frente bem estendidas para frente.
E as patas de trás puxando forte as da frente.
E, entre elas, as costas se curvam finamente contra o chão qual um arco.
O vento que passa lambendo as costas suaves do gato também se amansa.
E as árvores esticam os ramos carregados de broto
Se espicham estalando todos os nós curvando-se clivosas ao vento.

ALEGRE ÔNIBUS

O motorista do ônibus boceja.
Um precipício que barrava o meio da estrada
Se contagia e abre um enorme bocejo
E, de repente, o ônibus corre por dentro do túnel.
Aumenta o volume da música e masca chiclete violentamente
E ainda assim
A cabeça do motorista pesca na melodia da música
Pesca no ritmo do carro que balança.
A estrada que é um livro aberto, de olhos fechados.
Os sinais que estão verdes e de novo verdes, de olhos fechados.
As árvores, os postes e os prédios que seguem correndo a toda.

O motorista de ônibus boceja.
O pé pisa no acelerador como que por formalidade
Acompanhando a velocidade solta a seu bel-prazer.
Por vezes, o pé pisa no freio já atrasado
Assustado com uma parada brusca do ônibus.
Sem se dar conta que o motorista dorme
As rodas correm sem desacelerar.
Os braços que já adquiriram forma redonda, grudados no volante
E o volante que já decorou todas as ruas em vinte anos de profissão.
Rodas que deixam o motorista dormir à vontade
Enquanto vira sozinho para esquerda e para a direita e depois para.
O motorista do ônibus boceja.
A rua que era um livro aberto de olhos fechados leva um susto
E acende às pressas o sinal vermelho em frente a uma faixa de pedestres.
Um grito pisa de súbito no freio.
O motorista do carro de trás se aproxima e berra qualquer coisa.
O motorista do ônibus responde com um bocejo enorme.
O motorista do carro de trás abre a bocarra maior do que o bocejo
Bate no vidro e aponta o dedo em riste

Mas nada ouve
Enquanto o ritmo da música se alonga como elástico dentro do bocejo.

O motorista do ônibus boceja.
Mais um longo túnel entra e sai por dentro do bocejo.
O sinal segura o vermelho até onde consegue
Até o ônibus passar, e por um triz
Muda ligeiro para verde assim que ele passa.
Os carros da frente, de trás e dos lados se esquivam sozinhos.
E buzinas o acordam de vez em quando.
As faixas ondeiam em curvas e árvores bamboleiam
Acompanhando o ônibus que corre em zigue-zague.
Como a flecha de Jumong* que se crava precisa no alvo, de olhos fechados
O nosso alegre ônibus corre destemido.

---

*   Jumong: Conhecido como exímio arqueiro, fundador do reino coreano de Goguryeo (37 a.C.~668), o qual ocupou o território que hoje pertence à Coreia do Norte e Manchúria.

NEVE DERRETENDO

A neve derretendo se esgarça como farrapo.
Trinca e racha como eczema sobre a pele
Descamando como tinta velha que levanta
Expondo a ferrugem avermelhada num portão de ferro branco
E por entre a neve rasgada em frangalhos

A pele nua e fria da favela deixa-se ver no topo do morro
Casas de teto costurado com lona
Paredes que se erguem sobre carvão queimado, lixo e merda de cachorro
Tralhas largadas sobre os tetos em baderna
E vidas que vão se ressecando e se amarelando por falta de nutrientes
Deixam se ver como que acordadas do sono à força
Pijamas com joelhos saltados e pés desnudos de chinelos
Saem por vezes de portinholas que mais parecem buracos para cachorro
Carregando blocos de carvão queimado

Deixam se ver fatalmente e em minúcia
Como se aumentados por uma lupa
Cabelos que se desalinham e rugas que se estiram
Como arames enferrujados assim que recebem os raios de sol
Um carro passa
Respingando um caldo avermelhado e espesso para os lados
Como tripas de alguém, vertidas em vômito com toda a força
A neve derretendo se lacera dócil e, mais uma vez,

Se derrete se desmancha se supura se enloda
Aquela pele ofuscante de puro branco
Que cobria a Branca de Neve na noite anterior,
Se derrete, expondo toda a sua caveira em menos de um dia.

REVERÊNCIA

Dezenas de frangos assados prostrados sobre a tábua
prestam reverência. Nus, despidos de toda a sua penugem,
prestam reverência. Ajoelhados com as pernas sem pés, reclinando
                              [respeitosamente os pescoços sem cabeça,
prestam reverência. Perante o cliente que barganha o preço da morte
                                        [com o dono
que os depenou e lhes cortou os pés
Perante o cliente que quer matá-los mais uma vez fervendo a morte
                                            [já morrida,
prestam reverência. Em posturas impecabilíssimas ainda que virados
                                [e amontoados um sobre o outro
Até emprestar o seu ar solene à plena feira
Até purificar as chamadas dos feirantes e as vozes que barganham,
prestam reverência. Sem nem pensar em se levantar, que seja em
                                    [uma hora, em dez horas
Endurecidos na posição de reverência sem jamais tornar a estender
                                              [os membros,
prestam reverência. Dando-se por inteiro, com o corpo tornado pudor
                                [assim que depenado e decapitado
Dando-se por inteiro com o corpo todo arrepiado de pudor.

CHEIRO NAUSEANTE NA MESA DO JANTAR

Cheiro nauseante hoje na mesa do jantar.

Aquilo que nauseia
Está redondamente deitado sobre um prato branco.
Como se tivesse corrido e errado pelos montes e campos
E subido agorinha no prato encolhendo-se ali
Com o corpo todo a exalar um vapor quente.
Sem se dar conta de que está todo desnudado
Do couro às tripas
Expira arfante um vapor intenso e carregado.

Pauzinhos compridos e ágeis qual bicos de grou
Perfuram e reviram o vapor nauseante em disputadas bicadas.
Rapidamente o vapor se extingue e o prato se esvazia.
Agora o prato arrefecido está afundado no centro
Como se um animalzinho da montanha novinho de olhos negros
Tivesse dormido uma noite ali depois de lamber, arranhar e se rolar todo.

COMENDO MINIPOLVO VIVO[*]

Nunca experimentara a morte antes e não sabia como se comportar quando se morria. Assim, a morte se contorcia sobre o prato ainda mais vigorosamente do que quando estava viva. Não sabia que devia ficar quietinho e imóvel quando morto e ficou a revirar-se como água em torvelinho selvagem, reunindo toda a sua força e peçonha. Contorcia-se tão violentamente que num momento até pareceu que a morte poderia ser revogada. Sem olhos, braços ou pernas, os pedacinhos de morte engatinhavam sem direção e se enroscavam de qualquer jeito.

O prato branco ficou a trepidar convulsivamente como se fosse ele a morrer, com os tentáculos esparralhando como gotas d'água dentro do círculo. Mas o espaço do prato era muito apertado para a morte fugir e, para ela, todos os caminhos estavam abertos somente para aquele burlesco contorcer. As pernas feitas em pedaços e seus tentáculos haviam desistido de ser a morte unificada de um animal e tentavam de qualquer jeito, pedaço a pedaço, escapar para fora do prato em forma de vidas independentes, e se agarravam nas frestas dos dentes que as mastigavam grudando neles como se fossem placas.

Aquele tônus a rebater os dentes a cada mordida, qual mola, tônus feito de camadas, qual sanduíche, de vida morta e de morte viva, entre retorcer e lacerar. Tônus amolecendo em meio à morte dividida em pedacinhos, distendida no tempo. Mesmo depois de ter sido todo lacerado, aquele revirar-se ainda ecoava nas articulações do queixo. A morte, sem pescoço, sem olhos e sem mãos, quicava às dentadas num tônus tão mais retesado quanto mais absurdamente injustiçado se sentia.

[*] Referência ao costume coreano de comer minipolvos vivos. Suas pernas são cortadas em pedaços e servidas num prato, e devem ser comidos enquanto ainda se mexem.

PEIXE ASSADO

Já quase duro de tostado
Estando agora assando no fogo
O peixe continua de olhos arregalados.
Mira-me com seus olhos abrasantes
Enquanto eu o asso.

Olhos sem pálpebras.
Olhos privados de pálpebras
Que jamais podem ser fechados.
Quando o sono vem
Os olhos cegam sozinhos por um instante
E adormecem sem pálpebras.
E quando adormecem
Todo o imenso mar
Se torna uma pálpebra azul
E cobre aquelas bolas de discernimento
Bolas de cristal que, como um cego, só enxergam sonhos.

Ainda que não seja preciso ver mais nada
Ainda que nada mais lhes seja visível
Os olhos continuam abertos.
Fitam o fogo que os queima
Enquanto se crestam à brasa.

ÔNIBUS

A cada brecada
O ônibus emitia um som de tiritar com o corpo todo.
Emitia uma espécie de gemido melancólico.
Parecia suplicar para parar de correr
Ou gritar com medo de bater no carro da frente.
Parecia culpar suas pernas
Redondas
Que só podiam correr para frente
Sem poderem mover um tico para os lados
E que nada sabiam além de correr.
Mas quando partia novamente
O ônibus voltava a se arremessar ferozmente
Espichando a cabeça e metendo-se vigorosamente para os lados.
Por entre o ruído do motor soltando o garbo
Escapava um som que parecia uma criança chorando escondida.
O para-brisa
Eram olhos cheios de lágrimas a ponto de estourar,
Olhos enormes que escondiam todo o rosto, como os de uma libélula
Bem abertos, sem poder fechar por falta de pálpebras.

MORRER OU MATAR OU
GANHAR RODAS NA BUNDA

Creio não poder mais parar com essa direção
Até que eu morra por um acidente de trânsito
Ou, por uma infelicidade, não morra, mas as minhas bundas ganhem
[rodas,
Ou, por uma infelicidade ainda maior,
Esmague alguém com os pneus até morrer.

Fico quieto no meu canto
E digo que andar de metrô não me estorva em nada
Mas o tempo, já irremediavelmente viciado
No doce gosto da velocidade
Gentilmente dá a partida no motor e pisa, por si, no acelerador.
A esposa suplica, pelo amor de deus, para escaparmos, por um instante
[que seja,
Dessa cidade que faz de uma pessoa normal um doente mental
Para deixar entrar um vento limpo pelas narinas.
Mas a criança reclama de dor nas pernas para pegar ônibus e metrô.
Recrimino os pés por não possuírem rodas
E sento-me novamente sobre a velocidade.

Creio não poder mais desistir dessa desconfortável velocidade
Que range os dentes e exala fedor
Quando não consegue ser velocidade, um segundo que seja,
Que, de tantas velocidades reunidas,
Acaba se tornando devagar quase parando ou parando de vez.

Até que um dia, depois de três ou quatro horas parado sobre
                              [o asfalto, como uma congestão
E mal me livrado do engarrafamento
Concentre todo o desejo de vingança no corpo todo a chicotear
                              [desvairadamente a velocidade
E morra
Ou mate
Ou que a minha bunda, imobilizada, ganhe rodas bem redondas.

ROSTO TRISTE

Finalmente a tristeza tomou conta de todo o seu rosto.
A tristeza que vinha se protuberando de dentro assim como cresce
                                           [a barba
Já cobria todo o rosto sem que se pudesse dizer desde quando.
Espalhava-se meticulosa por todos os cantos do corpo feito malha de
                                         [nervos e vasos sanguíneos.
Ainda que ele risse, a tristeza não lhe dava a mínima.
Comia, bebia e falava alto, mas não lhe dava a mínima.
A hora se aproximava tranquila, como passos largados,
Quando todas as pronúncias que botara para fora até então se
                                       [sovassem de uma vez em um choro.
Ainda que pudesse espatifar de imediato aquele punhado de riso
A tristeza deixou que ele soltasse uma risada ainda mais arrebatada.
Ainda que pudesse socar o punho cerrado de choro no fundo do bico
                                              [que tagarelava
Ficou a ouvir calado o som daquela voz a respingar alegremente a saliva.
Cada vez que as veias do pescoço e testa engrossavam ao ritmo do riso
                                             [e parla
Via-se o rastro da tristeza fluindo cada vez mais nítida.
Quando, em meio à risada, a expressão se retorcia um pouco que fosse
Custava a amainar-se por mais que esboçasse um riso aberto
Quando, em meio ao riso que subia de tom, tremia um pouco que fosse
De pronto ficava a ponto de estourar em choro, como se estivesse
                                                  [só esperando.
Gargalhava agarrando a barriga com uma piada nem tão
                                          [engraçada assim
Como se temesse ser descoberto da sua tristeza.
Com o coração na mão, temendo que o riso e a parla cessassem
                                                 [de repente.

GENTE MORTA

O guarda-roupa todo escancarado
Bocarra aberta como se jamais voltaria a se fechar
As roupas esparramando-se para fora
Como vômito expelido de supetão boca afora
Como vômito ainda vazando feito cuspe
Um braço que se projeta da montoeira de roupas
Pernas que se espicham, várias delas
Uma peça com todos os botões bem abotoados, como se ainda estivesse
                                       [no corpo de alguém
Mostrando o buraco de onde saltava o pescoço, e por onde o corpo
                                       [se evadira às pressas por certo
Na ponta das mangas e das pernas nota-se de onde outrora saltavam
                                       [mãos e pés
Parecendo vinco no caldo grosso engolindo a colher, já todo frio
Um caldo grosso à espera da boca que não volta mais
Endurecendo daquele jeito, aglutinado
Endurecendo com a cueca enfiada no pescoço
Endurecendo com a meia brotando do braço
Braço, pescoço e cavalo endurecendo emaranhados
Coisas sem corpo endurecendo agarradas tenazmente à memória
                                       [do corpo
Feito olhos de um cão velho à espera do dono que fora ao hospital
Feito focinho fungando buscando pelo dono que não voltará mais
Em todas as peças, buracos abertos miram
Pescoços braços pernas que se evadiram afoitos
Com a sua escuridão socada buraco adentro.

ACIDENTE DE TRÂNSITO

No para-brisa do carro que correra a noite toda
Estampam-se manchinhas opacas, uma em cima da outra.
É que para os insetos, o carro fora um projétil.
Insetos fototáticos atraídos pelos faróis
Haviam se atirado para dentro do campo de tiros de quatro pistas.
No momento em que foram atingidos pelo projétil
A seiva de seus corpos estourados ficou grudada no vidro
E a casca ricocheteou-se como fragmento de projétil.
O sangue que fervia sempre que via uma luz
O sangue que se projetava em direção à luz
Agora se agarra forte ao vidro, seu novo corpo,
Com o seu apego à vida endurecida como grude.
E que não se deixa limpar, por mais que se limpe.

CREMATÓRIO

Fumaça amarelada se pendura na chaminé.
Agarrando-se firme pelas bordas
Com seus dedos em estado gasoso
Para não dela se soltar
Para não se tornar o vazio.
Do pescoço da chaminé
De onde se prende um imenso vazio em vez de uma cabeça
A fumaça esvoaça como uma écharpe.
Com a cabeça enfiada na boca da chaminé
Sugando o dia inteiro aquele buraco comprido e escuro
Sem se alongar ou engordar nem um pouco
A fumaça continua ali, no mesmo lugar.
Quando um pranto termina, um novo choro se segue
E quando um carro funerário parte, logo chega um outro
Enquanto a fumaça se agarra forte, igual a uma chaminé cravada no chão.

NÃO POSSO RECEBER CORRESPONDÊNCIAS POIS JÁ MORRI

Em sua casa passados vários dias de sua morte
Chega boleto chega livro chega telefonema

Não posso receber telefonemas pois já morri
Deixe o seu recado após o bip

As correspondências não retornam
Correspondências sem olhos sem pernas
Criam rodinhas nos pés e olhos com os códigos postais, vêm
[correndo com precisão
E se amontoam, por falta de uma boca que diga que não há quem as
[receba
Ficam à espera infinita de que alguém as abra
E se amontoam, irremediavelmente

As línguas sedentas por ejacular palavras
Enchem, empanturram páginas em branco, sem poder segurar
[a lascívia bem crescida
E os papéis, assim que são produzidos nas fábricas,
Tornam-se livros, os quais ninguém procura, embora digam não
[faltar destinos, tornam-se formulários
A tenacidade organizada de quem recolhia impostos dos mortos
[carrega as letras para todos os cantos*
O sol bobo e o vento bobo
Que não sabem retornar a correspondência que se amontoa
Pairam tranquilos sobre elas

---

* A expressão mencionada é "imposto sobre ossos brancos", uma forma de corrupção que ocorria na administração militar da dinastia Joseon (1392-1897). Consistia em mudar o registro de um cidadão com uma idade menor para imputá-lo de um imposto militar que seria devido apenas até os 60 anos, ou ainda, fabricar o registro de um morto de modo a acusá-lo de inadimplência fiscal, obrigando os seus filhos a pagarem os supostos tributos militares atrasados.

OLHOS

Encosto as costas no encosto da cadeira e fecho os olhos por um instante.

Escuridão:
Parede vermelha com veias alastradas
Parede amolecida onde a estampa se move vagarosamente.

Os olhos veem algo incessantemente
Mesmo com as pálpebras cerradas.
Ainda que eu queira descansar um pouco
Ainda que no momento não queira ver nada

Os olhos buscam focar em toda e qualquer coisa que alcance
Seja ela a escuridão seja algo embaçado.

Ainda que pareça ser escuridão
Não é possível vê-la se se olha com atenção
Todas as cores formas movimentos
Dão as caras quando as pálpebras se fecham.

Enquanto dormia na noite passada
Os olhos ficavam vendo os sonhos sem parar
E a cabeça pesava mesmo depois de ter levantado.

Os olhos
Continuam abertos dentro das pálpebras fechadas.

COCHILANDO ENQUANTO LIA

A cada instante que acordava do sono
Via a mim mesmo, de relance, cochilando em frente à escrivaninha
A cabeça pendia para um lado
Por um átimo havia parado de roncar
Limpava com a manga da roupa a saliva escorrendo
Na esperança de enxotar o sono
Sacudia a cabeça, esfregava forte os olhos e tossia seco
Na esperança de enxotar o sono
Agora o eu de pescoço bem ereto, olhos estatelados
E focados nas letras
Não mais cochilava e se concentrava no livro
Mas foi escapulindo atabalhoado desse pensamento
Que me vi acordando novamente, limpando a saliva e esfregando os olhos
E foi pensando que agora eu estava acordado de verdade
Que a minha cabeça voltava a tombar para um lado
Novamente parava com o ronco
Que achava ter parado há pouco
Tornava a estatelar os olhos já perdidos de foco
Quando pensava já tê-los escancarado
As letras que pareciam se deixar ver nitidamente
Se destrambelhavam de volta do ar para dentro do livro
Vamos agora me recompor, de verdade, pensei
E espreguicei-me, sacudi vigorosamente a cabeça e depois
Corrigi a postura, reuni os ânimos e me concentrei no texto
E foi nesse pensamento que daí a pouco acabei vendo de novo
Um eu acordando e limpando a saliva
Um eu endireitando rapidamente o pescoço tombado
Um eu abrindo os olhos duramente cerrados
Desisti de vez de ler e debrucei-me sobre a escrivaninha
Como se estivesse à espera, o sono avançou de uma vez com o seu
                                         [cheirinho doce

E mergulhei-me de pronto num sono profundo
E foi este pensamento que ficou a piscar os olhos bem abertinhos
Dentro do sono.

GATO OBESO

Prédio de apartamentos sem buraco de rato.
Onde um rato não consegue viver, mesmo sem raticida nem ratoeira.
Gato deitado o dia inteiro
Sem poder caçar barata em vez de rato.

Comida que não se esconde sorrateira em lugares escuros.
Comida sem olhos e orelhas que não fogem correndo.
Comida sem perninhas a espernear quando é pega.
Comida que uma vez posta no lugar lá se deixa estar acondicionada
                                          [comportadinha
Teimando no seu lugar até o fim sem sair do prato.
Comida posta precisamente como relógio ou balança
Trazida por mãos brancas que alisam o pescoço e as costas ronronantes.
Comida sem mancha de sangue.
Comida higienizada de gritos, odores e calor.
Comida que se deixa deglutir fácil mexendo apenas o pescoço
                                          [e a língua feito colher.
Gato deitado o dia inteiro feito assento de espuma
Sobre o sofá gordo e apetitoso como carne
E nem haveria uma voz bufando e subindo do andar de baixo
Por mais que corresse pra cá e pra lá
Com suas patas sem barulho otimizadas para um prédio de apartamentos.
Gato deitado quietinho no lugar onde foi designado
Feito uma planta que uma vez plantada nunca deixa o vaso
Feito um móvel no mesmo lugar onde foi deixado a primeira vez.

CACHORRO E MOTOCICLETA

Puxado pela coleira amarrada
Um cachorro
Corre atrás da motocicleta.
Duas rodas e quatro pernas, um pequeno desencontro
E o cordão se retesa impiedosamente
E as pernas do cachorro avançam grudadas no asfalto como se
                                          [fossem rodas.
Contra as rodas sempre redondas
Paradas ou mesmo quando aceleradas
As pernas do cachorro dobram, de quatro para oito, dezesseis...
Expandindo-se como dobras de um leque se abrindo.
Quando resiste ao cordão que puxa implacável o pescoço
As quatro pernas de repente se fundem numa só
E se arrastam no asfalto soltando faíscas.
Ao lado das rodas inalteradas como quando paradas
Pernas arquejam a plenos corações e pulmões.
Arquejo que se perde no ronco da motocicleta.
Quatro paus que jamais se arredondam
Por mais que trotem amiúde com todas as forças.
Um mínimo relaxo, e o cordão volta a se retesar.

A ARGOLA

Entre as duas narinas
Uma fechadura redonda trancada feito algema.
As duas narinas não teriam se partido em dois à toa
E nem haveriam de esconder algo dentro
De modo que não haveria tesouro valioso algum a sacar do cofre
                                                  [das narinas
Mas estranho,
Pois sumiram completamente com o buraco da chave
Para que ninguém pudesse entrar
Até que a morte separe as duas narinas para sempre!

Nariz
O ponto mais sensível e sedoso do corpo do boi
Apenas um buraco fundo onde só a língua vermelha entra e sai de
                                               [quando em quando
Mas trancado tão forte daquele jeito, é de se suspeitar.
De vez em quando sai um ar quente daqueles buracos
E também gemidos
E também uma excreção branca e pegajosa, o que aumenta a suspeita.

Uma chave que não se contém no ímpeto
A única chave capaz de abrir aquela fechadura sem buraco de chave,
                                                [um machado
Irá parti-la um dia.
Mas poupe-me de enumerar detalhes do que o machado cometerá
Da testa que será violada a machado
Do sangue a ser violado da morte a ser violada
Ao fim de uma vida inteira de pureza trancafiada,
Do couro que será despido depois de violado
E da pureza, vermelha úmida e macia contida por dentro.

O MELHOR É TER SAÚDE

Saúde
Saúde por demais saudável
Saúde que não sabe onde gastar a tanta saúde que tem
Saúde que põe uma camiseta meia-manga faz *jogging* e toma ducha fria em pleno inverno
Saúde que não vê o tempo passar indo atrás de comidas que fazem bem
Saúde que se arde em qualquer lugar a qualquer hora eriçada de qualquer jeito feito pelos pubianos

Tem negado veementemente o crime. Mas quando o policial detectou rastro de sangue de duas crianças no carro de aluguel e a indagou sobre a motivação do crime, mudou o depoimento dizendo que não se lembrava pois dirigira depois de ter bebido em demasia; que supunha ter bebido mais de duas garrafinhas sozinha. E, no dia seguinte, mudou novamente o depoimento, reconhecendo parcialmente o crime; que dirigia o carro bêbada quando quis apenas alisar o cabelo delas pois eram muito graciosas; que as matou porque elas se rebelaram. O policial já a tinha interrogado, no começo da investigação *in loco*, no quarto onde ela vivia, no meio-subsolo de um pequeno prédio residencial conjugado, mas estava tão saudável que a deixaram ir.
(Dentes que ficam eretos assim que penetram na coxa branquinha do galeto. A textura cárnea que vem apertando os dentes com a tonicidade de seus músculos tenros. Raízes violentas que deixam se arrancar ao cabo de uma elástica resistência. Salivas pegajosas que são liberadas então. Dedão do pé que estremece ao orgasmo do paladar. Carne do frango que freme agarrada à língua.) Uuhhh, não dá pra deixar de comer, *hot crispy chicken*!
Ah, espera, espera um pouco. É que a saúde está querendo sair. Auuhhh, não dá pra aguentar. Fica parado um pouco. Tô quase cagando.

Ei, vocês, estão voltando do curso? Quantas horas ficaram imóveis olhando para a lousa, com esses rostinhos graciosos? Tem que pensar na saúde também. Esse tiozão aqui está enlouquecendo de tanta saúde. Sabe aquela saúde *hot crispy* da propaganda da televisão, não sabe? Compro um pra vocês, querem vir comigo?

FILHA

Dizem que fora atropelada de frente
Por uma enorme rocha com rodas, uma empilhadeira.
Dizem que o pai tentou lhe inflar ofego à força mais algumas vezes
Pelas narinas que vertiam sangue. Hihihi

A menina de três anos ri dentro do ônibus funerário.
A palavra morte
Ao ver aquela risada sobre a qual jamais tocara
Explode baixinho aqui ali em choro que segurava malemal.

SOPA DE GALINHA[*]

Por sua garganta e esôfago, longos e escuros como o interior da boca
                                                              [aberta de uma cobra
Uma alma nova tornada galinha

Adentra depois de ter sido lavada a fio de faca dos pelos do pescoço
                                                              [das pernas das entranhas
Depois de ter sido lavada na água fervente do odor repugnante e
                                                              [até da textura dura e seca

Adentra tornada morte finalmente maleável saborosa e de cor leitosa
Dentro do caldo onde bolhas de ar pupilas d'alma veem o mundo por
                                                                    [um átimo e somem

Adentra até que brotem do teu corpo arrepios em pele de galinha
Assim como a grama verde cresce sobre túmulos quando chega
                                                                           [a primavera
Como uma ostentação[**]

---

[*] "Samgyetang", literalmente "sopa de galinha e ginseng", sopa típica coreana com um galeto cozido inteiro recheado de arroz e especiarias, incluindo uma raiz de ginseng.

[**] Paródia da última estrofe do poema "Noite contando estrelas", de Yun Dong-ju (1917~1945), poeta morto aos 28 anos na prisão por ter supostamente participado de movimentos de resistência contra a ocupação japonesa (1910~1945). Seu único livro de poesias, publicado postumamente, é considerado uma obra-prima que alia o espírito de resistência e intenso lirismo: "Mas quando o inverno passar e a primavera chegar na minha estrela / Assim como a grama verde cresce também sobre túmulos / O mato encherá a colina onde o meu nome estará enterrado / Como uma ostentação."

MEIAS CINZA

Boto meias cinza e saio de casa mas quando volto e as tiro do pé
Vejo que eram de um cinza diferente uma da outra.
Será que agora é tanto faz como tanto fez?
Sem mais os olhos leem como iguais coisas parecidas.
Olhos que amarram coisas assim assado numa coisa só
Sem a amolação de ponderar caso a caso as pequenas diferenças.
Diante dos números letras pessoas paisagens
Que se borram indistintamente
Os olhos sorriem em rugas.
Rosto que parece ser boa praça que só quando desconversa em sorrisos.
Será que agora é tanto faz tanto fez?
Assim que são atulhadas no cesto de roupa suja
As meias abandonam cores estampas texturas formatos diferentes
[cada qual E se borram num só monte de roupas para lavar.

CARECA

Um dia, vejo que está dentro do meu espelho
Uma careca que deveria estar na cabeça de um tiozão careca.
Miro o rosto do careca
Com o bico protuberante a pronunciar que jamais viveria daquele jeito.
Sobre o meu pescoço vejo grudado descaradamente
A careca que deveria ser assunto de outro como câncer acidente de avião.
A ver que chegou até a mim
Na certa deves ter tido muito aonde ir sem que ninguém o procurasse.

Você
Vai ser careca sem reclamar, ou prefere apanhar para ser um deles?
Pergunta ele depois de já ter arrancado os cabelos o quanto podia.
É uma voz parecida com aquela premência do dia em que apareceram
               [os primeiros pelos pubianos no corpo ainda criança.
É que ele já sabe
Que nasci neste mundo obediente conforme mandaram.
Já que cheguei a este ponto, será que raspo de vez?
Ou será que raspo só nas beiradas feito soldado e vejo o que
                              [acontece depois?
(Elas dirão: "Como estão ralos os cabelos dele!")*
Alise para trás com força os cabelos da frente e dos lados.
Alise para trás assim como o vento puxa a onda para cima.**

Vejo o meu novo espelho
Querendo alisar o cabelo para cima começando da ponta da orelha
Buscando cobrir toda aquela enorme colina com uma meia dúzia
                              [de filetes de cabelo
(Tô dizendo que não viveria do teu jeito, nem que eu morra!).
Será que tento usar uma peruca?

---

*   Citação de um verso do poema "The Lovesong of J. Alfred Prufrock", de T. S. Eliot.
** Citação de um verso do poema "A canção do balanço", de Seo Jeong-ju (1915~2000).

Não, acho melhor usar um chapéu.
Posso pôr e tirar, e até limpar o suor quando estiver quente
Veja as vantagens!
De qualquer modo os cabelos não são também um chapéu grudado
[no cabeção?

Sim, aceito ser careca desse jeito sem apanhar.
Reconhecerei a foto três por quatro com a careca desnuda como sendo
[meu rosto.

Já havia entendido no momento que olhara o espelho.
Que todo careca já era careca desde o momento que nasceu.

A vista piorando
Talvez o café em estômago vazio não tenha caído bem, sinto-me
[um pouco tonto.
Caminho pelas ruas
Mas quando piso
O chão se mistura com o ar e afunda toda hora.
De pisar no chão misturado com muito ar
Um pé bambeia de novo.
A vista piorou bastante nos últimos tempos.
Quando tento focar
Letras ruas se misturam com o ar toda hora e se embaçam.
Os olhos crescem ainda mais tentando vê-las.
É porque entrou ar demais nos olhos.
Por vezes o ar se torna duro
As letras e as ruas mole mole
E as letras tapadas pelo ar se borram de repente
Voltando a clarear somente depois de muita moleza.
Do nada um lado do prédio se abalofa como se pipocasse
Ora afunda
Ora embaça
E fica nítido só depois de recuperar a custo a solidez de suas arestas.

Pessoas tornadas turvas misturadas ao ar
Trespassam céleres por mim
O meu corpo de contornos embaçados misturado ao ar
Se choca com a árvore da calçada tentando trespassá-la.
Os olhos tateiam a testa mesmo antes da mão.

AUTOESTRADA

A via enegrecida projetando-se à frente.
O cordão grosso com diâmetro de dez metros ou mais projetando-se
[à frente.
Projetando-se sem parar, do horizonte, do mato, do sopé da montanha.
Projetando-se sem cansar, uma hora duas horas três horas.
Projetando-se na velocidade de uma bola arremessada por Park Chan-ho.*
As plantações as árvores os prédios se afastando afoitos para os lados
Para não se machucarem na velocidade projetando-se intrépida.
A montanha se parte em duas num piscar de olhos
E quando o abismo se põe à frente, um profundo buraco se abre
[abaixo, infalível.
A via projetando-se gira violentamente as rodas que se postam paradas
O carro se posta parado enquanto as rodas se revolvem ferozes
Fazendo-se ouvir o som do vento sendo fatiado a serra elétrica.
Fatias de vento finas e largas feito presunto entram pela janela
Cavoucando os olhos e alisando rudemente os cabelos para trás.
As horas brotam das árvores, dos postes, dos prédios como brotam
[perninhas nos girinos.
Da paisagem amassada com a velocidade os contornos se apagam
[e se borram
E as horas passam por fora da janela estirando-se feito um puxa-puxa.

* Famoso jogador de basebol.

NO VAGÃO DO TREM DE SEGUNDA

Subo no trem de segunda depois de vinte anos.
O vagão do trem de segunda cheira a trem de segunda.
Assentos com marcas fundas de bunda
Guardando a memória do peso dos milhares de bundas
Meticulosamente reproduzindo os cheiros de dezenas de milhares
                                                     [de corpos
Quando respirei, o vagão inteiro do trem de segunda adentrou
                                                     [o meu pulmão.

Dentre os inúmeros cheiros de cosméticos
O vagão do trem de segunda escolhera justamente o mais fétido e
                                         [conservava tenazmente a sua essência.
Preservava em si, irretocável, qual relíquia,
O extrato dos hálitos encharcados de bebida
E até o sumo do chulé extravasando pelas malhas da meia.
Mesmo o cheirinho doce dos enamorados que outrora teria atiçado
                                         [torridamente as suas zonas eróticas
Agora mal retinha um odorzinho árido todo ressecado
Envelhecendo impregnado na fundeza das espumas.
Hoje mais uma vez o vagão do trem de segunda faz reavivar
O cheiro ascoso passado de geração a geração,
O cheiro ascoso atravessado pela virilha, sovaco, narinas
Que não perde a identidade mesmo quando misturado ao cheiro
                                                  [do caldo de kimchi*.
Hoje, entro no vagão do trem de segunda de vinte anos atrás.
O vagão do trem de segunda entra pelos meus pulmões
Tranquilamente ganha o fluxo sanguíneo e se espalha por todo o corpo.
O vagão do trem de segunda sendo incessantemente remodelado
Pela respiração do bebê que dorme exalando cheirinho de leite

---

*   Acelga fermentada e apimentada, guarnição típica da culinária coreana de cheiro muito forte.

Pelos ecos do peito da mocinha que palpita dentro de um baby-look
O vagão do trem de segunda que olha pelo vidro e roça o corpo
                                              [nas cores das flores
E corre cortando os raios de sol sobre os campos do Sol Secreto*
                                                             [de primavera.

---

*   Tradução literal de Miryang, nome de município.

CÃO 2

Quando expeliu boca afora
Aquilo que entalava algum ponto entre o plexo solar e o abdômen
Que não desentupia nem a goladas de água nem a evacuadas de xixicocô
Que não movia um tico nem a tosse nem a vômito
Irrompeu forte um ganiço.
Do qual saltaram dentes
Brotaram pelos a cobri-lo brancamente
Pendurou-se-lhe um rabo e ficou a pular no mesmo lugar.

E, finalmente, um cachorro estava latindo em direção ao portão.
Era um ganiço que esvaía de pronto assim que se infiltrava no ar
De tanto latir em direção ao vazio.
Ganiço que apenas rondava rondava a estaca
De tanto ficar amarrado pela coleira.
Ganiço que ligava e desligava a qualquer momento feito interruptor
De tanto balançar o rabo diante do dono.
Ganiço que se amassava dócil por mais feroz que latisse
De tão treinado por surras.

Somente bem depois que os passos do lado de fora se foram
É que aquele ganiço voltou para o fundo da preguiça
Prensado por algo maciço como pedra
E não mais se desgrudou, estirado no chão feito chiclete.
Ficou a mirar até cansar
A tigela amassada com resto de comida e sujeira grudada.
O ganiço arrebatava todo e qualquer som ao seu redor
Arrebitando as orelhas como se fossem antenas
Mas continuava ajuntado quieto ali sem se levantar.

MIA: ZONA DE REVITALIZAÇÃO

Casas são carregadas em caminhões basculantes.
Balançam feito carne congelada feito linguiça feito pé de porco defumado
Junto com a carreta que capenga.
Guindastes içam casas e as carregam no reboque
Enquanto outras se amontam
E caladas esperam.
Telhas, tijolos, muretas, vigas de ferro e privadas, ladrilhos e isopores,
Espelhos partidos e caixas de ovo, crucifixos e camisinhas
                                  [se emaranham num monte só
Facilitando o trabalho da escavadeira.
Se embolavam e se enrascavam por entre as massas de cimento
Ruelas por onde passavam a custo as carroças de carvão
Casas de tábua deixando vazar luz tênue pelas frestas
Portões enferrujados que a qualquer passo se punham a latir.
Se postam junto à montanha de casas
Outras ainda não abatidas, com portas ora pendentes ora caídas
E com todos os vidros quebrados
Como se estivessem tremendo já há muito.
Assim que saíram os últimos teimosos que ainda resistiam
Ostentando tábuas onde se lia "Gente morando"
As casas envelheceram de repente
E se seguravam ali a ponto de se ruírem de vez.
Quando se foram até os manifestantes
A exigirem "direito à moradia do inquilino"
Elas pareciam se aguentar quase que forçadas
Como que prontas para se tornarem lixo de pronto
E desabarem a um simples toque da escavadeira.
Casas são carregadas em caminhões basculantes
Misturadas às embalagens de lámen, latas, caixa de leite, absorventes.

VENTO DE AREIA*

Cheiro ascoso de pó de terra.
Cheiro de China, cheiro de Mongólia.
Cheiro do deserto de Gobi, do deserto de Taklamakan.**
Cheiro de mortes finamente trituradas pelo sol do deserto.
Cheiro de carnes, sangues e ossos
Assimilado na ordem imensa e silenciosa da terra
Após purificar todos os dejetos, barulhos e movimentos.

Deve ter sido um longo voo, seguindo o caminho do vento
Até pousar nas minhas narinas!
Deves ter navegado uma distância ainda maior
Do que a percorrida em vida
Batendo asas colossais que bem poderiam cobrir desertos e mares
Nesses minúsculos grânulos – partículas de vento!
O corpo
O corpo tão severamente atado a uma vida
Finalmente lavado limpo pela terra e vento
E pulverizado em incontáveis partículas

Estás agora a se irradiar pela imensidão da atmosfera e mãe terra!
Estás a buscar tudo que respira
Infiltrando-se por todos os seus poros e frestas!
Com aquele perfume teu, agora coberto de poluentes e metais pesados,
Acabastes de entrar no meu pulmão

---

* Refere-se ao fenômeno conhecido como "areia amarela", resultante dos ventos continentais que sopram para a península coreana provenientes das regiões desérticas chinesas, especialmente na primavera. O fenômeno tem se intensificado tanto em quantidade, atribuído ao aquecimento global, como em qualidade, devido aos poluentes produzidos pela industrialização desenfreada chinesa, transportados junto com os ventos. A questão ambiental tem alarmado a população e as autoridades coreanas, obrigando as pessoas a usarem máscaras na primavera.

** Deserto de Gobi: cobre parte do norte e noroeste da China e sul da Mongólia; Deserto de Taklamakan: localizado a noroeste da China, tendo o deserto de Gobi ao leste.

Tornado novamente em ferida do mundo!
Entrastes para um outro grilhão
Um outro corpo!

LUXO SENTIMENTAL

Vento se debatendo amarrado pelo cordão na viga de ferro. Vento entrando pelas frestas da fina tenda. Tenda que de repente se abalofa feito estômago de baleia. Barbatanas que se agitam. Barbatanas que se erguem todas de uma vez dentro da cuba. Vento que se exagita, por ter entrado na tenda por engano, que se exagita sem ter o que fazer por não saber por que se exagita.

Parede de cimento que não deixa o vento passar, não arreda o pé da sua linha reta. Vidros a espreitarem o vento. Balançar-se: o jeito intransigente do vidro de se vergar em linha reta, de se esfrangalhar e de se agitar somente em linha reta. Prédios do outro lado da rua que se envergam junto com as nuvens de tanto olhar para os vidros. Pessoas engolidas na barriga do prédio espiam pra fora num átimo de abrir e fechar de sua boca.

Tenda que se sacode pendurada na parede de cimento. Por baixo da tenda, a água, funda. Fundeza de água que a sua fina película que não consegue segurar. Vento que se estrebucha e se contorce querendo se desmanchar fio a fio, e desmanchado, se emaranhar de qualquer jeito feito cabelos à solta, e emaranhado, se esparramar de qualquer jeito por aí. Tenda que segura com tudo os fios da trama e os fios soltos que querem se desvencilhar e voar.

Quando o vento se debatendo escapa da tenda, se choca com a parede de cimento e escooorrre. Pinga pinga pinga e se ajunta no chão. Infiltra-se ao ângulo morto e ríspido e vai endurecendo. Vento corpulento posto de pé fincado firme na terra.

BRIGA DE BOIS

Chifre [subst.]: (1) Calombo feito de osso; (2) Crânio protuberado do crânio; (3) Caveira sem cérebro; (4) Coisas como medo, ira, ódio e tristeza infiltrados na caveira e crescidos em formato de chifre através de um longo tempo.

Vejam a grande raiz atada ao chifre bufando.
Os olhos mirando com a força do sangue.
O nariz expelindo a ira fervida tornada vapor.
Crânios brancos saltando da boca aberta,
Dentes triturando o ar.
Patas traseiras socavando a terra, preparando-se para disparar feito mola.

A raiz vermelha do chifre se espalha por baixo do couro do boi
Corre. Arremessa-se. Empuxa. É empuxado. Bate e empuxa.
A faísca
De sangue e músculo
Treme-treme ao choque elétrico de sua própria energia.
A terra socavando-se fundo e montes de terra se ejetando assustado
[para todos os lados.

EM BERKELEY

Good morning, how are you!
Alguém me chamou gentilmente numa rua de Berkeley
Onde não conhecia ninguém. Quando me virei de pronto
Era um sem-teto vestindo roupas de inverno num dia quente
E carregando um cobertor sujo.
Dirigia a palavra a qualquer um que passava
Murmurando diligentemente
Mas suas palavras não entravam no ouvido de qualquer um deles.

Palavras perdidas de sua função, sem qualquer utilidade.
Palavras que mal se sustentam pelo eco das cordas vocais e a pronúncia
[da língua.
Suas palavras até tentam tocar aqueles que passam
Mas se chocam contra a velocidade da caminhada e rolam pelo
[chão insossas.
Sem ninguém que as ouça, o ar tornado, ele inteiro, ouvido.
Palavras querendo a custo se tornarem palavras fiando-se em alguns
[fiapos de pronúncia
Dentro de inúmeros ouvidos como tímpanos duramente cerrados
[a cadeado.

Acabei ouvindo aquelas palavras
Palavras que deveria ter refratado apático com expressão de indiferença
Assim como os passantes que as ignoram caminhando apressadamente.
Acabei virando a cabeça em direção àquelas palavras.
Acabei olhando para os olhos do rosto que as pronunciou.
Naquele instante, as palavras que não tinham qualquer força,
[qualquer sentido
Adquiriram vida de repente, refletindo o significado daquele olhar.
E então, todos os ouvidos que pairavam no ar
Se reuniram rapidamente entre os meus olhos e os dele.

Aqueles olhos sorriam um sorriso petulante
Como quem tivesse descoberto todos os meus segredos num único olhar.
Os olhos escuros calejados pela escuridão de uma longa vida nas ruas
Estavam triunfantes como se tivessem flagrado em mim
Um momento impossível de ser escondido por mais que eu tentasse.
Virei o rosto
Mas a minha escuridão já havia sido pega numa só olhada.
Por pouco não fui até ele e dirigi-lhe a palavra
Feliz por ter reconhecido como igual a sua escuridão.
Com o olhar sorridente sobre as minhas costas, como quem diz
                                                  [volte quando quiser
Os meus passos foram seguindo em frente.

As palavras do sem-teto, novamente tornados em leve ruído
Voltaram a tamborilar sem maldade as pessoas que passavam.
Nenhum ouvido as ouvia
Mas elas estavam se esparramando e se infiltrando para dentro do ar
Como se o vasto ar fosse todo ele a sua casa.

EM BERKELEY 2

Ele se dirigiu a mim sorridente e afável
Enquanto eu caminhava pela rua.
Era negro
Mas tinha uma expressão tão amistosa
Que fiquei a observar se não era alguém que já conhecia.
Do rosto negro e da pronúncia do inglês bem articulada
Expeliu forte um aroma intenso de país estrangeiro.
Mesmo depois de eu ter passado por ele, ele
Continuou falando em direção ao ar por onde eu já passara.
Estava bêbado de suas próprias palavras.
Sua língua se enrolava por suas próprias palavras.
Não estava respondendo por si por suas próprias palavras.
Os braços e as pernas, fortes e troncudos, pendurados em sua língua
Deixavam-se arrastar submissos
Atados às palavras que capengavam sem direção.
Não se via em lugar algum
Ouvidos que despertassem a língua bêbada de palavras tão fortes.

A PAISAGEM DE DENTRO DO PAUZINHO

Uma fresta longa e comprida, feito um pauzinho,
Entre um prédio de apartamentos e outro.
Ruas, árvores verdes, coisas que se movem,
Jazem dentro daquele pauzinho transparente.
Gritos de crianças, risadas de mulheres, ruídos de motores
Ficam a rodopiar dentro daquele canudo
Até conseguirem, finalmente, escapar.
A curva da montanha, silenciosa e longínqua, curta como o grafite
                                                        [de um lápis
É sempre uma linha reta.
Quando é de manhã
Entra no pauzinho uma luz comprida e branca como uma lâmpada
                                                        [fosforescente.
A escuridão, a neve, a chuva e o vento
Todos vêm enfiados dentro da linha vertical, reta e estreita.
De vez em quando, aparece também uma estrela na ponta do pauzinho
                                                                [negro.

DEDOS

Me vesti e saí
Mas quando quis escrever algo, vi que não tinha caneta no bolso.
Pensamentos não passados para o papel se afligem.
Atabalhoam-se sem poder se aderir de pronto à folha de papel.
Sem saber o que fazer, dedos viciados em escrever
Zanzam em vão dentro do bolso entre o celular e a agendinha.

Dedos
Partidos em cinco filetes e com juntas
Curvando-se somente numa direção, como escavadeiras.
Dedos
Que agarram, seja o jornal, seja a maçaneta no ônibus,
Imitando raízes que agarram com toda a força a terra e as pedras,
E imitam os galhos de árvore carregados de flores e folhas
Em prontidão para morder de pronto, como dentes brotados da gengiva.
                                                            [o que quer que seja,

Enquanto estão vazios sem nenhuma folhagem, como uma
                                                  [árvore de inverno
São duros e pontudos como ponta de caneta.
Por vezes erguem-se como se fossem escrever algo
Param no ar como quem não sabe para onde ir
Quando desocupados, coçam a cabeça e tornam a alisar o cabelo
                                                              [para trás
Coçam a ponta do nariz e cavoucam o fundo das narinas...

VENTO DE AREIA 2

8 de abril de 2006. As pupilas ciciam. A boca, saibrosa. Quando saio para a rua, uma úmida massa de névoa cobre o rosto de supetão. Foi o deserto de areia amarela de súbito içada ao alto. É o vasto chão de terra voando por aí, gasificada. Chão de terra entrando pelas narinas feito troncudos fios de macarrão amassados pelo vento.

O que respiro é um fino pó de terra que atravessou o continente chinês e o Mar Amarelo feito um pássaro migratório, um corpo que é ele inteiro uma só asa, uma asa que ganhou empuxo por si só sem ao menos bater as asas, uma asa que voou sozinha só sem mesmo voar, um último corpo que ainda restou mesmo depois de ter descartado o peso a temperatura a umidade e a energia, um corpo não mais divisível e nem se torna mais leve, de tantas mortes por quais tem passado.

Hora do almoço. Saio para comer e um punhado de terra entra nos olhos. Um caminho de terra dá voltas dentro das minhas digitais. Uma duna de areia se crava num poro meu. Uma vilazinha do norte da China faz casa numa de minhas rugas. O deserto de Taklamakan encravado entre os meus dentes, o deserto de Gobi descendo pela garganta junto com a saliva. O deserto de Badain Jaran se esparrama da minha boca feito um leque quando espirro. O planalto de terra amarela entra em mim grudado no cheiro do peixe, o planalto de Neimengu borrifado no caldo da sopa misturado à pimenta do reino e glutamato, o continente chinês que passa pelo longo intestino delgado e também pelo grosso e se descarrega privada abaixo misturado ao meu xixi.

Saio do restaurante. Caminho remando pelo ar gelatinoso como mocotó. Carros correm espirrando pelas quatro direções a massa de ar que mais parece terra lamacenta. Esse pântano lodoso é frouxo mesmo. Pois pessoas ainda vivem mesmo afogados nele e passam por mim como uma imagem chuviscada de televisão.

SOM DE CHUVA

O som de chuva enchia a montanha ainda que não estivesse chovendo.
Com medo de chuva grande, procurei às pressas um abrigo.
A chuva não veio mesmo bem depois
Mas o som de chuva ecoou ainda mais forte.
Abri bem o ouvido e segui o som

Quando vi o som vinha de dentro do vento.
Eram folhas que se debatiam buscando voar ao alto.
Eram ramos segurando todas aquelas folhas
Sacudidos de qualquer jeito sem saber o que fazer.
Era o meu pulmão inchado a ponto de estourar prestes a vomitar.
O som não apenas jorrava de cima
Mas irrompia violentamente para cima
Chacoalhava como se fosse levantar o bosque por inteiro
E esvoaçava despedaçado.
Os músculos das árvores se contorciam sob a sova do som de chuva
As raízes cresciam para cima da terra e pululavam
As folhas se agitavam todas reviradas
A terra não parava de fungar
E da minha boca um cheiro nauseante se expelia em golfadas massudas.

A chuva não veio até chegar ao topo da montanha
Mas o meu corpo estava todo encharcado pelo fustigo da chuva.

PARADO EM FRENTE A UMA PAPELARIA

Uma velhinha parada em frente a uma papelaria na beira da estrada
Observa crianças acocoradas na máquina de jogo eletrônico.
Quando os dedinhos tamborilam os botões, qual agulha da
                                                [máquina de costurar,
Ao ritmo da velocidade ruidosa e do som eletrônico,
Homens musculosos lutam dentro da tela.
Uma velhinha pequenina de cabelos pretos com luzes verdes
E segurando uma bolsa vermelha com estampa de um coelho bizarro
Segue com as pupilas a tela que se move freneticamente
Parada sem se mover como uma menina.
Um lutador musculoso leva um chute em giro do adversário de quimono
E cai vomitando sangue levantando-se em seguida.
Dedos que agora conhecem o gosto do sangue se movem ainda
                                                  [mais rápidos e animados.
A velocidade, quente, que abrasa a tela quadrada em multicores
Com a força do forno de micro-ondas quando cozinha um peixe
Já atravessou o corpo da velhinha várias vezes.
A juventude outrora retesada se amarrotou, toda cozida por aquela
                                                  [velocidade.
A boca, contraída e levemente retorcida como se tivesse sofrido
                                                  [queimadura
Está a vazar saliva, entreaberta como um peixe assustado.
Na estrada em frente à papelaria, as horas transformadas em
                                                  [velocidade passam zunindo.
O vento que tentava se esquivar daquela violenta velocidade
Se choca com as árvores que assistiam o jogo eletrônico à beira da estrada
Rebate-se e sacode a velhinha que balouça.
A velocidade que causou as queimaduras em fundas rugas
Atravessando a velhinha como quem nada queria
Travestida em leve resfriado, mal-estar ou dor de cabeça
Está conectada feito tomada a cada dedo jovem da criançada.
Está a infiltrar-se soltando faíscas
Naqueles olhinhos jovens pintados de multicor.

CHORANDO E ACORDANDO

Tinha acordado do sono
Mas eu continuava chorando.
Chorava acordado somente do sono
Sem ter acordado do sonho.
A árvore de ramos abundantes
Estava crescendo fulminante
Estendendo as raízes nas minhas vísceras.
Cada vez que os ombros e as costelas soluçavam
As pupilas e o esôfago ardiam.
Por onde passavam as veiazinhas
Abrasadas em vermelho
Sentia arder e coçar.
Logo que acordei do sono
Um ramo saltou para fora furando o meu olho,
Derreteu assim que entrou em contato
Com o ar da manhã
E escorreu queimando a minha face.
Não me lembrava por que eu chorava
Mas as lágrimas não paravam.

SORRINDO DENTRO DE UMA FOTO ANTIGA

Vejo a mim, suspenso no instante em que olhava a câmera, a idade suspensa nos vinte e dois anos, o peso suspenso nos quarenta e oito quilos, a barriga ainda digerindo o macarrão de trinta anos atrás, o sorriso com todos os dentes à mostra sobre não sei o quê, a expressão com o ódio se apagando um pouco pelo riso, as placas bacterianas dentro do meu sorriso.

Eu vejo, eu que de tantas mudanças jamais fora eu, eu agora um ser completamente diferente enfiado sob camadas e mais camadas de vestes e debaixo de várias demãos de tempo, eu todo amassado retorcido e frito pelo calor e pressão das horas, eu com o crânio cheio de pensamentos já rotos, eu com os testículos centenas de vezes cheios e depois esvaziados e agorinha enchidos de novo com um novo esperma.

Vejo a mim, com os cabelos lavados em água fria e sabão em pedra, escondendo com o sapato as meias furadas, escondendo com o terno a ceroula exalando cheiro amarelado, escondendo os olhos amedrontados com um sorriso desajeitado, escondendo mal e mal a timidez quase autista com um silêncio a aparentar modéstia, ainda procurando onde me esconder dentro da foto mesmo depois de ter sido todinho exposto na luz.

Eu vejo, eu que mastigo com afinco boigalinhaporco transformando-os em caspa e frieira, eu que tento pensar em algo com a cabeça calva disfarçada a custo com os cabelos laterais penteados para cima, eu que busco ver algo o tempo todo com o globo ocular se ressecando, eu indo apressado para algum lugar com os calcanhares rachados se descascando, eu com a barba ainda crescendo tristeza e medo.

CRIANÇA CHORANDO NO ANDAR DE CIMA

De novo, o choro de criança desce do andar de cima.
No andar de cima desta quitinete chinfrim, às tardes,
Há sempre passos – tum, tum, tum – que ecoam pelo teto
E um choro que começa impreterivelmente quando batem sete horas
                                                 [da noitinha
Como se fosse um despertador. O choro de criança
Vem descendo pela parede.
Meus ouvidos deixam o som do choro golpear à vontade a minha cabeça
Abertos feito uma boca boba
O choro criança que começa
Asfixiado pela voz de mulher de meia-idade
Que berra, ralha e se repuxa feito puxa-puxa
Vai se curtindo num gostinho doce embriagado por seu triste êxtase.
Deixa-se levar no ritmo bem curado da velha música dançante
                                                 [puída de tão batida
Vai ganhando um bom corpo com a melodia
E nem pensa em parar passado um bom tempo já bom de ter parado.
A voz adulta lembrando uma batuta que acaba de extrair o máximo
                                                 [de choro possível
Agora consola o choro e explica calmamente
Com voz baixa e mansa.
O choro cessa a custo sequestrado pelo terrível Morfeu
Depois de ter digerido todo o pão de cada dia.
Assim que o choro cessa
A noite sobrevém como uma criança subitamente mansa depois da surra.
Sobrevém um silêncio colossal, escuro e medroso.
Hoje de novo o choro emenda sem alarde o dia com a noite
Sem deixar marca de costura.
O choro ainda está impregnado na parede
Fazendo vibrá-la sem parar mesmo enquanto a criança dorme.

Revira o meu sonho a noite inteira com o bico enfiado no meu ouvido.
Quando a criança abrir redondamente os olhos ofuscantes
A manhã, que de mansinho criará caso titubeando escondida,
Terá chegado, de novo.

CONTO INFANTIL DA DÉCADA DE 60

Minha infância: época em que nada mais havia para se pensar
[senão comer.
Mesmo sem almoço, ninguém nem reclamava da fome.
Pois tínhamos a ruminação
Lanche que podíamos comer o dia inteiro
Lanche que jamais enchia a barriga por mais que comêssemos.
Sacávamos o arroz de cevada, a sopa de folha de nabo e kimchi
Como se os tirássemos da panela térmica ou da geladeira
E os comíamos de novo a toda hora.
As nossas barrigas estavam sempre cheias de lanche.
Sacávamos o lanche pela garganta sempre
Quando entediados, quando esfaimados.
Lanche de sopa de carne e biscoito nos Natais.
Lanche de sopa de massa de arroz e frutas nos anos-novos.
Nossas bochechas estavam sempre rechonchudas como balões
Guardando o lanche a encher a boca.

Nossa!
O lanche está todo derrubado pelo chão do quarto!
Bom, é normal as crianças se pegarem enquanto brincam.
Pois um muque decidido voou para cima de um queixo
Justo no momento
Em que um sacava o lanche apetitoso enchendo a boca.
O lanche estourou feito fogo de artifício
E espirrou luxuosamente nos rostos e roupas das crianças e no chão.
A criança esmurrada chorou a toda como jamais fizera.
Doer porque apanhou, isso não era grande coisa não.
O máximo que podia acontecer era ficar roxo, nada demais.
Mas o lanche derrubado no chão
Isso sim, não podia ser tolerado, nem deveria.

Ouviam-se gritos chorados como se tivessem perdido tudo
E em seguida, um cheiro que não sabiam de onde vinha.
O lanche que era tão gostoso quando dentro da boca
Fedia com todo o azedo e podre fora dela!*

---

* Referência à época coreana da miséria, antes do Milagre do Rio Han da década de 70, quando o arroz de cevada substituía o arroz branco em famílias mais pobres, mesmo assim inacessível para muitas famílias ainda mais pobres e a panela térmica ou a geladeira eram itens de extremo luxo.

TERRA VELHA

Dá para ver as raízes azuis passando por baixo da pele.
Vão se esticando deitando ramos
Do braço à costa da mão, do pescoço à testa.
Em certos pontos a pele cobre a custo
Raiz grossa querendo saltar para fora do couro.
Quando observo bem, são as raízes capilares vermelhas que
                              [agarram a pupila na verdade.
A pele se fende sob chuva e ventania e nas valas das rugas corre suor
E por sobre ela cresce uma penugem rala parecendo mato do campo
Como se autoclamasse ser uma terra velha
O couro esconde toda a carne cálida e sumosa
Ficando ainda mais dura e áspera por fora, feito agreste selvagem.
Assim como a estrada de terra que acolhe macia a planta do pé e
                                      [em seguida a impele
Uma carne rugosa e grossa deixa-se pegar onde encosta a palma da mão.
Ficar todo enrugado
Deve ser porque o ar – que enchia o espaço entre a carne e o couro
                                          [da carne – murchou
E o mesmo espaço preenchido com o vazio.

NO ORFANATO

Quando me aproximei sorrindo
A criança escancarou os dois braços em minha direção

Quando os braços se abriram, um vazio se fez de repente à sua frente
Um enorme vazio com pressa de ser preenchido

Assim que se deixou aninhar no meu desconhecido abraço – clic
A criança colou feito ímã e não se desgrudou mais

Atrás dela haviam outras crianças
Miravam-me os imensos vazios abertos em cada olhar

Posfácio do poeta

Penso se os poemas deste livro não seriam, afinal, o meu quinhão de palavras que tinham que saltar para fora. O formato do meu rosto desenhado no mapa genético, o formato do meu instinto, o meu "jeitão" preciso, tal qual o formato da minha personalidade, é o jeitão do meu jeitão, sem tirar nem pôr. Quis anotar do jeito que esse meu "jeitão" ditava, sem querer transformá-lo conscientemente.

Eu agora enfio para dentro deste livro e o aperto com toda a força toda aquela sensação pegajosa, o cheiro enojador e o tremor que me agarravam e me perseguiam fastidiosamente como paparazzis, para que eles nunca mais mostrem o focinho na minha frente, e me posto novamente de frente à folha branca, ao vazio e ao vento.

Fevereiro de 2009
Kim Ki-taek

Sobre o autor

Kim Ki-taek nasceu em 1957 na cidade de Anyang, arredores de Seul, e estreou como poeta em 1989, quando seus poemas "O Corcunda" e "A Seca" foram premiados no concurso anual de poesia realizado pelo *Jornal Diário Hanguk*. Publicou, além de *Chiclete* (2009, traduzido para o espanhol em 2013), *O sono do feto* (1992), *Tempestade no buraco da agulha* (1994, traduzido para o japonês em 2014), *O funcionário de colarinho branco* (1999), *O boi* (2005) e *De rachadura em rachadura* (2012). Também traduziu várias obras infantis estrangeiras, entre eles, *O flautista de Hamelin*. O poeta vem recebendo destaque da crítica em virtude do seu universo poético singular, que, com uma retórica racionalizada e descrições para lá de áridas, desconstrói a paisagem e os fenômenos do nosso entorno urbano.

Colecionou praticamente todos os prêmios literários importantes do país, entre eles o Prêmio Literário Kim Su-yeong (1995), Prêmio de Literatura Contemporânea (2001), Prêmio Literário Isu (2004), Prêmio Literário Midang (2004), Prêmio Literário Ji-hun (2006), Prêmio Literário Sang-hwa (2009), Prêmio Literário Gyeong-hee (2009) e Prêmio Literário Pyeon-un (2013). Em 2007, foi convidado para o programa de residência para autores coreanos, num convênio firmado entre a Fundação Daesan e UC Berkeley, EUA.

Sobre a obra

Chiclete, publicado como volume 298 da coleção Poesias Selecionadas da importante editora coreana Changbi, é o quinto livro de poesias de Kim Ki-taek e o primeiro a ser publicado depois de o poeta se desligar definitivamente da empresa onde trabalhava para se dedicar integralmente às letras. O livro traz 56 poemas, como "Panceta de porco", "Matar um gato", "Coceira", "Velho subindo as escadas", "De frente para um enorme plátano", "Chiclete", "Comer minipolvo vivo", "Peixe assado", "Motocicleta e cachorro", "O melhor é ter saúde", "Poeira amarela", entre outros, cujos títulos deixam entrever o clima geral da coletânea. Talvez por isso, o seu olhar sobre o cotidiano, os objetos e os acontecimentos parece ter ganhado uma perspectiva ainda mais intrincada e analítica, e suas descrições e metáforas, absolutamente peculiares, parecem estar impiedosas a ponto de causar calafrios. É possível perceber que é através delas que o seu universo poético se expande e o seu raciocínio poético ganha profundidade ainda maior.

> Um chiclete jogado já mascado por alguém. / Chiclete onde restam marcas claras de dente. / Chiclete encerrado em tantas marcas de dente, / Inumeravelmente socadas de novo e de novo / Sobre marcas já cravadas / Tendo-as amassado, camada a camada, dentro do seu diminuto corpo / Sem jogar ou apagar nenhuma que seja
>
> Compactando todas elas numa massa, pequena e redonda, / [...] / Chiclete que brincava com o sangue, a carne e o cheiro nauseante / Com o seu toque macio como pele
>
> Com a sua textura glutinosa como carne / Com a sua elasticidade gelatinosa, feito pernas e braços abanando-se embaixo dos dentes / Revivendo a lembrança da carnificina remota já esquecida pelos dentes. / Chiclete que suportava com o corpo inteiro / Todo o desejo de carnificina e hostilidade impregnado nos dentes pela história do planeta. / Chiclete

largado a contragosto / Pelos dentes a se cansarem primeiro / Ao fim de tanto espremer, macerar, dilacerar.

Trechos de Chiclete

O poema-título representa bem o clima desta coletânea. O eu-poético de Kim Ki-taek refuta a subjetividade e o ponto de vista humanos. Sendo assim, rejeita, por completo, a violência da subjetividade inerente a uma afobada objetivação do eu lírico, frequentemente cometido em poesia. Em vez disso, o poeta depõe tão e somente na posição das coisas e do objeto poético. Em outras palavras, caracterizações subjetivas e comparações cômodas alheias à natureza inata do objeto poético passam ao largo da poesia de Kim Ki-taek, pois ele se posta junto à paisagem e ao seu objeto. Por isso a inversão do ponto de vista na qual "um chiclete jogado já mascado por alguém" se converte em "chiclete largado a contragosto / Pelos dentes a se cansarem primeiro". As descrições minuciosas que fazem operar tal inversão desmantelam completamente a percepção do senso comum de todos nós. O chiclete, instrumento de assepsia bucal[*], acaba evocando a "memória da carnificina" e o "cheiro nauseante de sangue e carne" inerentes aos humanos, mas deliberadamente ignorados, e, ao final, chega a reavivar "todo o desejo de carnificina e hostilidade impregnado nos dentes pela história do planeta", dissecando-o impiedosamente.

Seguindo a linha de pensamento do poeta, as suas descrições e a sua forma de qualificar as coisas, acabamos por compreender que estamos, surpreendentemente, muito perto das incontáveis violências, das feridas que a paisagem e os objetos guardam, e do âmago das coisas e dos fenômenos. Relembramo-nos de que vivemos em um cotidiano em que a natureza inata dos objetos e das próprias pessoas foi aniquilada.

Sem a menor dúvida, as metáforas e o senso agudo do poeta acompanham a sua linha de pensamento do início ao fim, emprestando a esta coleção de poemas uma rara uniformidade. A capacidade do fazer poético de Kim Ki-taek é comprovada pela manutenção dessa qualidade sem peças francamente irregulares. A poesia de Kim Ki-taek é um retrato do

---

[*] Este é o conceito usual dos coreanos, especialmente após o advento dos chicletes com xilitol.

homem contemporâneo com suas minuciosas linhas de expressão e, ao mesmo tempo, uma flechada no ponto fulcral desse homem. Ler a sua poesia, portanto, se torna "uma das maneiras mais eficazes e libertinas de mascar os tempos de hoje, caóticos e tacanhos sem igual".

Joon Park
Poeta

Sobre a tradutora

Yun Jung Im, fundadora do curso de Língua e Literatura Coreana da Universidade de São Paulo, já traduziu obras importantes da literatura coreana para o português, com destaque para o *Olho de Corvo e outras obras de Yi Sang* (Perspectiva, 1999) e *A Vegetariana* (Devir, 2013), respectivamente Prêmio Coreano de Tradução Literária em 2001 e 2014.